Conducteur de machine

Édition publiée par les Éditions Scholastic,
604, rue King Ouest, Toronto (Ontario) M5V 1E1
avec la permission de Quarto Group.

6 5 4 3 2   Imprimé en Chine CP141   14 15 16 17 18

Concepteur graphique et illustrateur : Andrew Crowson

Catalogage avant publication
de Bibliothèque et Archives Canada

Askew, Amanda
Conducteur de machine / Amanda Askew ; illustrations d'Andrew
Crowson ; texte français d'Isabelle Montagnier.

(J'aime mon métier)
Traduction de: Machine operator.

ISBN 978-1-4431-1192-8

1. Conducteurs de machine de construction--Ouvrages pour la
jeunesse. I. Crowson, Andrew II. Montagnier, Isabelle III. Titre.
IV. Collection: J'aime mon métier

TH149.A85614 2011   j690.023   C2011-901811-X

Les mots en **caractères gras**
sont expliqués dans le glossaire
de la page 24.

Conducteur de machine

Amanda Askew

Illustrations d'Andrew Crowson

Texte français d'Isabelle Montagnier

Éditions
SCHOLASTIC

Voici André. Il est conducteur de machine. Ces machines servent à construire des routes.

André arrive sur le chantier à 6 heures du matin.

Pour travailler, André porte une **combinaison**, de lourdes bottes et un casque afin de **protéger** ses vêtements et sa tête.

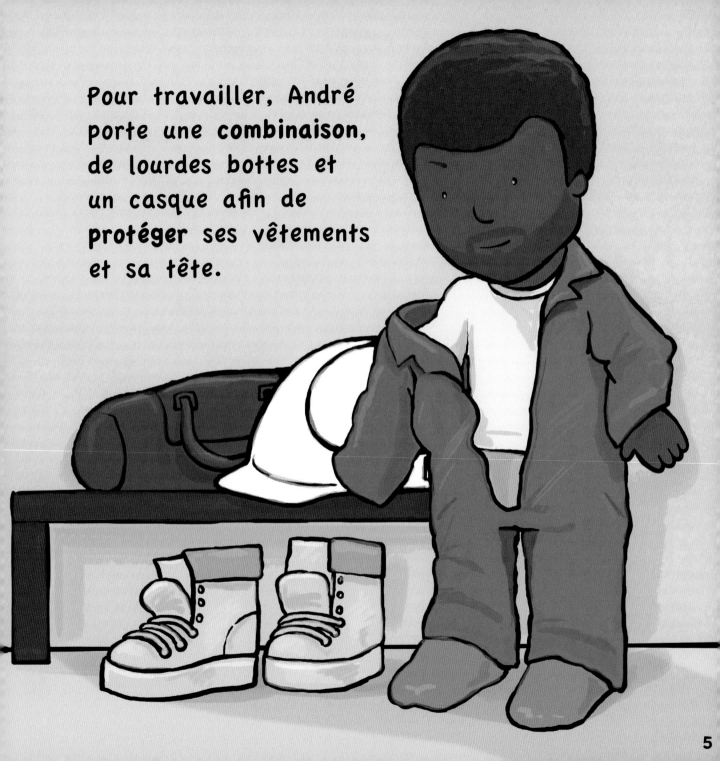

André fait partie d'une équipe
de conducteurs de machines.
Il conduit un **camion à benne**.

Mathieu conduit
une **excavatrice**.

Robert conduit
une chargeuse.

Laura conduit
un rouleau
compresseur.

Samuel conduit
une finisseuse.

Simon est le contremaître. Il dit aux gens ce qu'ils doivent faire chaque jour. Son équipe construit une nouvelle route, plus large, à côté d'une école.

— André, Mathieu et Robert, finissez de dégager la route pour que l'on puisse la recouvrir d'asphalte. Laura et Samuel, vous étendrez le gravier une fois que la route sera dégagée.

— D'accord, patron!

André grimpe dans
la cabine du camion
à benne et démarre.

Mathieu, Robert et André travaillent ensemble pour élargir la route.

Mathieu creuse la terre avec son excavatrice et déverse les décombres dans le camion à benne afin qu'André les emporte.

Robert charge le gravier pour la nouvelle route. Il le verse dans le camion à benne d'André.

André apporte le
gravier à étaler.
Il conduit très
lentement et très
prudemment pour
le déverser au
bon endroit.

Laura et Samuel étalent le gravier avec leurs pelles.

— Je commence à avoir faim! dit Samuel.

L'équipe arrête de travailler pour boire et manger une collation.

Il est 8 heures. Les enfants arrivent à l'école.

Maintenant, l'équipe va recouvrir la route d'une couche d'asphalte. C'est André qui le verse avec son camion à benne.

La machine de Samuel étale l'asphalte.
Celle de Laura l'aplatit.

PAF! POP! Un ballon atterrit sur l'asphalte et se fait écraser par le rouleau.

— Oh non! mon ballon! crie un petit garçon depuis le terrain de jeux.

André, Samuel et Laura arrêtent leurs machines.

André ramasse le ballon écrasé et le donne au petit garçon.

— Il y a beaucoup de grosses machines ici, dit-il. Soyez prudents! Nous ne voulons pas que quelqu'un se fasse mal.

— C'est promis,
répondent les enfants.

Glossaire

Asphalte : mélange utilisé pour construire des routes. Il est composé de gravier et de goudron brûlant et collant.

Camion à benne : machine avec une sorte de grande caisse arrière qui peut se soulever pour déverser le chargement.

Chargeuse : machine avec un godet à l'avant. On l'utilise pour charger et déplacer des matériaux lourds.

Combinaison : vêtement d'une seule pièce que l'on porte par-dessus ses vêtements pour ne pas les salir.

Excavatrice : machine avec un godet pour creuser la terre.

Finisseuse : machine qui verse l'asphalte et l'étale de façon uniforme.

Protéger : empêcher quelque chose de s'abîmer.

Rouleau compresseur : machine qui a un gros rouleau métallique à l'avant. On l'utilise pour aplatir la terre et l'asphalte.